비트는 꽃이다

비트는 꽃이다

펴낸날 2024년 12월 13일

지은이 박여롬
펴낸이 주계수 | **편집책임** 이슬기 | **꾸민이** 이해린

펴낸곳 밥북 | **출판등록** 제 2014- 000085 호
주소 서울특별시 마포구 양화로 156 LG팰리스빌딩 917호
전화 02- 6925- 0370 | **팩스** 02- 6925- 0380
홈페이지 www.bobbook.co.kr | **이메일** bobbook@hanmail.net

© 박여롬, 2024.
ISBN 979-11-7223-051-7 (03810)

P.S 미래시선 11

비트는 꽃이다

박여롬 시집

"시와 찬미와
신령한 노래를 부르며
감사하는 마음으로"

작은 나무 한 그루
오랫동안 여린 잎을 내고 기다렸습니다.
풋 맛을 내는 열매지만
한없이 감사하고 기쁜 마음입니다

때를 따라서
아름다운 열매를 맺는 나무처럼
생의 나무에 맺은
시의 열매는
주님의 은혜입니다

2024년 10월 하순

박여롬 새기다

차 례

제1부

백야시

내가 아는 그 꽃

어느 곳에 있었네
알고 보니 내가 아는 꽃이었어
여름날 길고 지루했던
땀인지 눈물인지 줄곧 축축했지
분명 무심했는데 눈물이라고
기억하고 있네
그 빛깔은 바랠 대로 바래서
무채색 그늘 속으로 침잠했지
어린 꼬마가 울고 있었는데
같이 울어주고 있었지
눈물범벅 땀범벅 무거운 꽃으로
꼬마의 울타리가 되어
그 자리를 지켰지
꼬마가 다 자라도록
친구가 되어준 울타리는
사라진 지 오래되었지만
내가 알던 그 꽃은
어른이 된 꼬마가 가는 곳마다
피어나고 있었지
늦게 피는
꽃의 의미를 그제서야 알게 되었지

백야시

모퉁이를 돌아드는데
커다란 팻말을 들고 1인 시위를 하고 있다
양의 탈을 쓴 그녀는
백여우란다
임금을 떼어먹었다나
스치면서 읽힌 글자 하나가
한 소절 굵직하게 붙잡혔다

우리가 흔하게 웃으면서
양념처럼 생각했던 문구였다
"그 '가시나'는 백야시다"
책갈피 속에 꽁꽁 숨겨 숨겨놓았던
몇몇 가시나들이 튀어나왔다

백야시들이 있어 눈이 휘둥그레지긴
했지만 삶의 피땀을 갉아먹은
양의 탈을 쓴 그 여우는
용서할 수 없겠다

착취당한 선량한 양들이
합심하여 당당하게 이겼으면 좋겠다

아가 와 그라노!

어머니는 부산 특유의 억양에
쟁쟁한 톤을 발사하는 분이다
세월이 오래 흘렀어도
몇몇 문장들은 아직도 가슴에 살아 숨 쉰다
가끔 한마디의 문장으로 어머니를
추억하면 그리움이 달래지곤 한다
아이들이 어릴 적에
어쩌다 어머니가 집에 오시면 긴장감으로
자세를 가다듬곤 했다
특히 아들에게는,
'머리가 와 그라노'
'옷은 와 그라노'
'남부끄럽다'
'부산에서 이런 고등학생은 한 명도 못 봤다'
불호령이 내렸다

군대에서 첫 휴가를 나오던 날, 어머니 집에서
만났는데 어머니는 버선발로 뛰어나가
'아이고 우리 집 보배다'
'보배가 왔구나'

어머니가 지금 안 계신데

비트는 꽃이다

아직도 내 귓가에는 부산말, 특유의 톤으로
어머니가 살아 계신다

오이가 낸 길

오이가 많아 걱정인 날도
다 있구나
나눔도 여의치 않아
어찌하나 고민 끝에, 길
하나 더듬거렸다
처음 가보는 길
오이지 담그기
레시피를 검색하고 따라 해봤다
며칠 숙성을 하고 꺼내보니
놀랍도록 잘되어 있었다
오래 저장이 가능하니 안심이고
두고두고 나눌 수 있으니 신이 났다
누구에게는 익숙해서 잘 가는
길인데 준비 없이 들어서고 보니
먼저 가본 그들이 있어 고마웠다
궁하면 통한다고 했던가
길의 끝에도 길은 있었다

코발트블루

색채를 따라가다 느려지는
생각에 붙잡힌 날
느림의 바다는
삶의 울렁증을 토닥인다

살짝 걸렸는데 휘청거렸다
어느 것 하나 쉬운 것이 없다
나의 문제라고 알게 되면
일전일승 정신이 든다

그곳에 망망대해
코발트블루가 있었다

문득

"엄마가 없어"
그 순간 문득 엄마가 솟아 나왔다
곳곳에 무심하게 들어앉아 있다가
튀어나온다

문득 물속인지 어둠 속인지
풍덩, 한없이 고요해진다
심해 스쿠버의 한 장면을
따라가다 돌아온다
지독한 그리움이다

문득, 엄마가 사라졌다
속에서만 들끓던 신열이 오른다
애달픈 회한의 시간이 지나고
텅 빈 공허가 밀려왔다

이름을 불러 줄게

이름 없는 꽃은 없다
내가 그 이름을 모를 뿐이다
나의 정원으로 들어온 꽃들에게만큼은
그 이름을 불러 주리라 다짐했는데

그렇게 몇 년이 지나고
그 이름을 불러 주는 데는
이력이 붙었나 싶었는데
아직도 이름 모르는 꽃들이 많다

부르기 좋은 이름을 가진
그가 부러웠다
그러나 정작 그는 이름에 관심조차 없었다

"채송화야, 민들레야, 패랭이야"
이름을 불러 주자 꽃은 나를 보며
방실방실 웃어 주었다

누굴 위해서든 상관없다
이름은 불러 주고 볼 일이다

주름진 바위 곁에

내리막길 막다른 지점에서
모퉁이를 돌아서면
주름진 바위를 만난다

굽이마다 풍상에 패인
골 깊은 주름살이
세월의 무늬를 그려 놓았다

가파른 내리막길일수록
오르막길에서는 땀을 쏟는다
그러다 평지를 만나면
그 길의 평화로움에 마음이 편안해진다

주름진 바위 곁에
소나무 한 그루, 풀 몇 포기가
낮잠을 즐기고 있다

바리바리

엄마가 없는 친정집은
숭덩숭덩 적막하다
사진 속 엄마는 웃고 있는데
텅 빈 껍질 바스러지듯 마음이 부서진다
장독대만 그 자리를 지키고 있다

돌아와서 생각하니 미안하다
엄마 생각하면서 반질반질
장독대를 닦아 놓고 올걸

친정집은 이제
아버지의 집이 되었다
바리바리 싸들고 가서
텅 빈 손으로 돌아온다

엄마가 바리바리 싸 주시던 꾸러미들 없이
허허로운
그리움만 바리바리 싸들고 돌아온다

'얼죽아'와 '뜨죽아'

한여름에 마시는
아이스아메리카노는 힘이 세다
젊은 사람들은
'얼죽아'를 마신다고 한다
-얼어 죽어도 아이스아메리카노

한여름, 시원한 맛에 저절로 눈길이 먼저 가지만
몸에는 못 할 짓인데
알고 보면 나도 젊은 시절엔
어른들의 말은 귀에 들어오지 않았었다

한여름에도 자랑처럼 마시는
뜨거운 아메리카노 맛을 아는가
유럽 사람들은 커피 구정물이라고 부르는
뜨거워 죽어도 포기할 수 없는
'뜨죽아'를!

마음먹기

마음먹기 대장이 되고 싶다
아가, 마음먹기 나름이란다
엄마가 처음 들려주었던
그 오묘한 힘
살다 보니 재미난 기쁨의 경험들이었다

살아오는 동안
무엇엔가 가로막히곤 했는데
길을 잃을 뻔했는데
그때마다 그 말이 떠올랐다

새롭게 마음을 먹는 순간
기억은 바뀐다고 한다
어머니의 유산처럼 내게 온 그 말,
마음만 다시 먹으면
무슨 일이든지 해낼 수 있다

메밀꽃밭에 끌렸다

메밀꽃 하얀 물결에
세상 먼지 묻은 발을 살짝
내미는데 그만 그 여리고 붉은 대궁 앞에
미안함이 앞섰다

염치도 없이 사진을 찍었다
소금을 뿌려 놓은 듯한 그 꽃밭 한가운데로
백 년 전의 소설가는
오늘의 작가들을 초청했다

시를 쓰고
동화를 쓰는 사람들이
메밀꽃밭의 흰 물살에 기대어 출렁거렸다
얼룩진 사람들을 씻기고
털어 말려주고 있었다

메밀꽃밭으로 나를 데려간 남자는
아무도 손대지 않은 아침과
별이 사라진 새벽을
추켜세우며
메밀꽃 하얀 물살을
온몸으로 쓸어 담았다

비도 익어간다

산골에 가을이 오는데
아침부터 빗소리만 가득하다
작은 풀벌레의 노래는
온데간데없이 나만 모른다
가을 속 여름을 원망하며
무더웠던 어제도 온데간데없다

빗소리만 가득한 날에
찾는 이 없이 적막한데
비에 젖은 풀잎의 무게 조용하다
자연은 말없이 늘 견디는데
사람은 사람이라 말이 많다

빗소리만 가득한 날에
나는 한가하게 졸고 있다
빗소리는 졸음의 주파수를 닮아 있을까

벼가 익어간다
밤도 익어간다
나만 익으면 되겠구나

가을이 오는 길목

오다 말고 뒷걸음질인가
장난꾸러기같이
동굴 속으로 밀어 넣는다
재스민 향기가 스치는 곳이다

가을의 꿈을 붙잡으려
길 어귀마다
들꽃으로 엮은 순진한 꽃다발
장식하려고 한다

길이 나뉘는 곳에
사유의 벤치 하나 놓자
하얀 색칠로 근심일랑 덮자
빗소리가 잦아지며
어느새 바람이 다가와 꽃잎을
흔들어 주며 고단한 무게를
낮추어 준다

나의 영혼 동굴 속으로 들어가
재스민 향기처럼 격조 높은
가을의 꿈을 붙잡자
향긋한 소리에 가만히 귀를 열자
어떠한들 소중한 나날들이다

산골의 유익

도심의 허세에서 벗어났다
햇살 드는 곳에 오래 머문다
실바람을 따라
보존되는 마음으로
간소해진 삶은 풍성하다

어리석었던 일들
부족했던 순간들이
도심 속 허영에 붙잡혔던
야윈 그림자로 다가와 아찔하다

편안하게 푸른 마당을 밟으면
전에 없던 단단한 근력의 힘을
저장하는 은혜로움을 얻는다

그리하면 살 것이라던
광야의 길을 기억하자
연약한 지점에 다다르면 우리는 얼마나 초췌해지는가
그때마다 그분은 내게 잘해주신다

오래 갈 사람

그 사람을
배웅하고 돌아서는데
가슴이 먹먹하여 긴 여운에 붙잡힌다

말하지 않아도 다 안다고
그것은 어쩌면 무심한
덫이라는 고리에 걸려
휘청거릴 수도 있겠다 생각한다

오래도록 위로가 되고
고마운 많은 열매가 있었다
꽃이 되어 기뻤었고
감탄했었다

말의 힘을 느낀다
고맙다는 마음을 담아
수고를 칭찬하고 아끼지 않는다
무엇이 아깝지 않다는 것은
그 바탕에 깔린 꽃과 바람 햇살
그리움의 시간이
여문 알곡이 되었기 때문이 아닐까

고맙다는 소중한 씨앗에
오래도록 물을 주고 정성껏
오래도록 잘 키워야겠다

호랑이 장가가는 날

비가 마구 퍼부었다
어느 순간 뚝 하고 그치더니
하루 종일 별일 없었다는 듯 햇살이 쨍쨍했다
'어! 호랑이가 장가갔나 봐'
옆에 있던 남편은
'어! 여우가 시집가겠네'
호랑이 담배 피우던 시절 소리는
왜 하는지 모르겠다
그런데 비밀이 하나 밝혀졌다
바로 이날, 호랑이랑
여우가 결혼을 한단다
잊어먹지도 않고 어느 구석진 곳에
드러누웠다가도 벌떡 일어난다
늘어지게 게으름을 피워도
순간을 놓치지 않고 날렵하다
어릴 적 들었던 이야기는
얼마나 힘이 센가
늙지 않는 동심을
다시 꺼내보아야겠다

고요가 머무는 자리

들끓었던 소요는 지난다
시간을 따라서 지나간다는 것이
그토록 당연하지만
영원처럼 느끼기를 잘한다
망각 속에는 겁쟁이가 들었고
지혜의 통찰은 무너졌다

그렇게 한바탕 소요를 겪고
아프고 쓴 약을
삼키고 나면
안에서부터 고요가 시작된다
고요한 바람이 살며시 스친다
그리고 가만히 다시 일어서는데
드넓은 광장을 천천히 걷고
조급하지 않으려던 약속을
마주 잡는다

고요가 깃든
숲에 그늘 같은
한 페이지가 남겨졌다

베냐민의 징벌

광야로 도망하였던 그들
바위틈에 넉 달을 숨어 지냈다
고통 가운데에서
정화되는 뼈아픈 시간은
한 편의 영화 같은 계보를 타고 흘렀다

숨쉬기가 편하다 했다
아이들이 다 커서
자기 일을 찾아 떠나고
수월해진 마음은 가벼운 숨을 쉬며
밭고랑처럼 깊이 패인 흔적
도리어 소중하다 느꼈다

바람이 일고
피워야 했던 꽃을 피우고
충분히 잘 아는 길을 닦았다
광야의 바람은 잠재울 수 없고
너와 나의 길에
여전히 작은 나무를 심는다
진분홍 화사한 꽃을 꿈꾸며
한 편의 영화 같은 계보는 이어지고 있다

제2부

7월의 정원

둥근달의 노래

어릴 적 쟁반같이 둥근달은
손만 뻗으면 잡힐 듯 가까웠다
마을 공동 마당에 서면
달은 손에 닿을 듯 가까웠다
늘 달의 노래를 불렀고
환한 달빛에 깡총거리며
달뜨는 마음은 자주 부풀었다

그렇게 달은 가까웠지만
어느 깊은 곳에 묻힌 노래는
반백 년이 지나고
작은 울림으로 살며시 떠올랐다

찾아 헤매었던 노래도 아닌데
어느새 마을의 마당도 사라지고
떠나온 세월만큼 달도 멀어지고 말았다
달을 향한 노래도 잊혀진 지 오래다

기다림

그녀가 오기로 한 날
이른 아침부터 어디서
나오는 힘인지 열일을 해냈다

보이지 않던
구석진 곳 먼지 얼룩
돋보기 눈이 되어 자꾸 보였다

말끔해진 마음으로
지난 시간을 기다리고
다가오는 시간을 기다렸다

속으로는 좋아서
반가운 눈물을 살며시 삼켰다
나를 철들게 하는 시간이었다
서로에게 맞닿아 있는 마음
그보다 좋은 보상은 없었다

하루아침에

계절을 두 번 지났고
두 번째 만남에
훈훈한 바람이 일렁거렸다
정이 나는 일, 밥을 먹었다

십년지기는
십 년을 지나야 하고
시간은 헛되지 않아
하루아침에 십 년을 이룰 수는 없다

헤어질 때
우리의 인사는
우수수 쏟아지는 생의 이치를
하루아침에 깨달아버린 듯
한바탕 웃어젖혔다

철이 들었다

한때는 잠자는 시간이 아까웠다
그러나 그건 정말 어리석은 일이라는 걸
뒤늦게나마 알게 되었다
아무리 애를 써도 잠을 못 자고
다음 날 그 다음 날까지 헤맸다

나를 살게 하는 건 소중한 잠이라고
정중하게 잠을 청해보기로 했다
잠이 온다
어디서 오는 것일까

마음이 편하다
몸이 편하다
꿀잠을 잤다
더 바랄 것이 없다

잠을 못 자는 시간 동안
나는 나를
철들게 했다

조각난 기억

작은 손으로
쌀을 빡빡 문질렀다
뽀얀 뜸물을 따라내고
오랜 시간, 눈물범벅으로 부서진
쌀 알갱이들을 넣고 더듬더듬
흰 죽을 끓였다

그때 아픈 엄마를 일으켰던
흰 쌀죽이 먹고 싶다며
까무러지는 기억이 흩어졌다
기운을 차리고 싶은데 끝없는 나락으로
떨어져 내렸다

조각난 기억을 찾아서
이어가려는데 하얗게 마루 끝에
겨우 기대앉아 있던 엄마가 얼마나 짠했던지
겁이 났던 나는
유년의 그 긴 어둠의 터널을
고단했던 엄마를 위해 조금이라도
힘을 보태고 싶었던 마음으로 버티었다

맨발이 걱정이다

매일 아침, 맨발로 산에 올랐다
어떤 기대가 가득했었다
아프던 발바닥이 아물고
다시 자유롭게 걸을 수 있었다

한겨울을 지나서 다시 산에 오를 때는
맨발의 용사가 된 사람들로 북적였다
나만의 기대는 온데간데없이
마음은 식어버리고
뒤처진 발걸음에 몹쓸 핑계만 늘어났다

맨발의 열풍을 타고
산으로 몰려드는 사람들은
산을 시끄럽게 만들었다

열정이 식고 나니
산이 걱정이다

로즈마리 향기

낮은 곳에서
나를 소리 내어 불렀을까
누구의 손을 잡으려 했는지
그 손을 내밀어 주었다

낮은 향기는
파르르 흔들리는 아픔이었다
될 수 없다던 그 말
할 수 없을 것이라던 그 말
무리 지었던 그 말이 사라졌다

너만의 악기가 되어
연주할 수 있게
낮은 향기는 색을 내고
울림이 담긴 소리가 되었다

역할분담

역할분담이라고
합리적인 말 같은데
합당한 지점을 찾기란 여간
쉬운 일이 아니다
그녀가 병이 나고
그는 한참을 헤매고 있다
비상시를 대비해
연습이라도 해놓았더라면
오솔길을 따라서 예쁘기도 했던
햇살도 적당한 바람도 고마웠다

합리적인 길은
그런 길이 아니다
수고로 내는 길이었다
누군가는 자작나무를 심고
자작나무 숲길을 감탄하게 하였다
수고하여 길을 내는
한 걸음이 소중하다

막힘

잘 가던 길
잘 나가던 길에
노란불이 들었지만 지나쳤다
깝죽거리며 가고 있는데
빨간불이 번쩍거렸다

급정거를 해야 했다
호되게 한 방 얻어맞고
길이 막혀서 걸음을 멈추었다
며칠 미열에 시달리면서 되돌아보았다

그게 무슨 벼슬이라고
내가 운전 좀 하는 줄 알고
교만바이러스에 감염이 되었다니
얼마나 부끄럽던지
그렇게 쉽게 감염이 되는 존재인가
겁이 났다
가야 할 길이 멀기만 하다

'그동안'

오랜 기억의 끈은
명주실 가닥처럼 가늘지만
단단하기도 하지

딸아이가 초등학교 1학년 무렵
옆집 아이가 춘천으로 이사를 갔고
갑자기 준비도 없이 따라가서는
일주일을 신나게 지내다 왔다
매일 써야 하는 일기를 어쩌나 하고
걱정을 했더니
아이는 제목, 그동안,
그렇게 한 페이지로 일주일 치를
명쾌하게 끝냈던 일이 있었다

한 줄의 이야기 속으로
흘러 들어가다 보면
새 열매, 묵은 열매가 공존하는
조화로움이 기쁘다
'그동안'은 씨줄 날줄로 잘 짜여진
짙은 삶의 원단을 펼쳐 놓은
신의 한 수였다

아무도 없소!

텅 빈 집을 홀로 지키는 날이
많았던 우리 할아버지
상 노년에 쓸쓸하셨을
기억을 돌이켜 보면 아득히 나도 쓸쓸해진다
핸드폰이 없던 시절,
집으로 전화를 걸면
할아버지는 '아무도 없소'
그 한마디만 던지고 어김없이
뚝 끊어버리셨다
큰손녀 목소리가 전화기를 뚫고
나가도록 소리쳐 할아버지를 불렀다
수없이 해봐도 끝내 통화는 못 했다

할아버지랑 보냈던 유년의 기억이다
커서는 학교 다니느라 나가 있었고
집에 갈 때마다
엄마 몰래 용돈 천원을
꼭 찔러 주셨었다

할아버지 세상 떠나시고 아쉬운 마음만 남아
마음의 갈피마다 켜켜이 쌓여 있다
'아무도 없소'는 퇴색하지 않는
그리움이 되었다

그 힘

강한 힘은
한 번 들으면 기억하는 이름
그 힘이 딸을 낳았다
에너자이저란다
아이 하나 키우는 게
몇 명 키우는 느낌이라 동생을
낳지 않겠단다

'강한힘'을 키울 때
힘이 들었다
그 아이가 이야기가 많은 강한 힘이 되었다
힘이 들어서 엄마를 철들게 했다

그 힘 사용설명서라는 책을 읽었다
그 힘은 기도의 힘이었다
이미 수없이 사용해 봐서 알고 있다
'강한힘'을 그 힘으로 키웠고
그 이야기는 아직도 이어지고 있다

네가 아플 때

똥 마려운 강아지마냥
어찌할 바를 모르겠다
숨죽여 기다린다
일상이 편안할 때
맘껏 웃고 떠들었지
도무지 곁을 내줄 여력이 없던
나의 그때를 생각하면서
조용히 기다려 주는 것이 최선이었다

잘 먹고 웃고 떠들던 시절이
무지하게 좋았던 거였다
삶의 근간이 흔들리는 아픔에
무너져 내렸을 그를 위해
왜 이렇게 할 수 있는 것이 없는지

기도하는 일이 있었다
그럼에도 그를 향해 허둥대고 있다
그의 힘든 시간은 느려 터져서
생채기를 깊게 내고
쓰라린 눈물이 고여 연못이 되었다

왜, 풀떼기인가

당황스러웠다
고장 난 몸은 속수무책으로 삐걱거렸다
병원에서 온전히 해결하지 못하고
지난 삶을 되돌아보며
반성의 여지는 많았다
힘겹게 느린 한 걸음씩 바꾸기와
돌아서기를 실행했다

채소 과일식과 운동
깨달음 이후에 삶은
절실한 만큼 변화가 일어났다
회복되는 기쁨을 느끼면서
귀한 야채와 과일이여
운동까지도 잘하게 되었다

풀떼기라니
싸잡아서 낮은 취급이라니
뭣도 모르는 소리다
아파보지 않아 철없는 소리다
아파야 정신 차린다더니
영락없이 그랬다

안녕 당신!

안녕을 흔들었다
오월에 모내기하는 들판
어느 한 논도 빠짐없이 어린 벼가
나란히 심겼다
유고 없이 모두가 안녕 하네
벼가 자라고 익어가는 동안도
내내 무탈했으면 좋겠다

안녕 당신!
순간 멈춤으로 다가오더라
다정하게 밝은 톤으로,
시골길 논밭을 스치면서
반질반질한 작물들에 윤기가 돌고
반질반질한 안녕을 세어본다

맷집

길게 줄을 그어 놓았다
그때는 그랬다고

그러나 소용없는 울림
돌아오지 않는 메아리 같다

어려움 견디는 힘
풍파를 지나 단련의 맷집으로
유리하게 되었는데

온실 속 화초 같은 세대에게
맷집 키우라고, 그것은
온전히 그들의 몫이라는 것이다

그때는 그랬고
지금은 지금이다

7월의 정원

언제까지고 청청할 기세로
거대한 한 덩이가 되었다
힘센 숲 푸른 장막은
뚫을 수도 없겠다
가까이 다가설 수 없도록
파수꾼이 되어주는 무성한 풀숲
누구의 안전지대가 되려는지

비밀의 정원,
그곳엔 누가 거처하는지
도무지 알 수가 없다
7월의 숲은
멀찍이서 바라만 보자
속을 들여다볼 생각일랑 접자

장맛비에 생채기가 났어도
엄살떨지 않는다
굳센 의지가 놀라워라
자빠진 나무야 너는
바닥에 드러누운 채로 건재하구나!

플라타너스 그늘 아래서

그곳에 가면
아름다운 보물 플라타너스 한 그루를
만날 수 있다
장엄한 날개를 펴고 비상하는 알바트로스 같다

지난겨울에 지나가면서 보았는데
여름에 다시 만난 그 모습은
뜨거워진 광장을 식혀놓고
지친 사람들과 자동차도 들여놓고
넉넉한 그늘을 내어주고 있었다

플라타너스 나무 한 그루는
오래되었지만 늙지 않았고
지치지 않은 생의 길을 밝히고 있었다

더 많은 날이 흐르고
사람들이 새로 태어나고 또 죽어도
그 넓은 품 안에 생명을 품고 노래를 품고
별빛을 품고
누군가 걸어가는 찬란한 길을 밝히고 서 있을 것이다

슬픔이 시작되는 시간

기다림에 지친 아이가 있다
막차가 떠나고 나면
더는 기다릴 희망을 놓아야 했다
엄마 없이 또 하루가 지나갔다
막차는 떠난 지 오래되었고 저녁은
캄캄한 슬픔을 몰고 왔다

혼자 우는 울음소리는
끝내 누구에게도 들키지 않았다
아물었던 슬픔이라고 생각했는데
어스름이 시작되면 불안이 몰려왔다

묵은 슬픔은 다시
기다림에 지친 아이를 데려왔다
연분홍 물결이 흘러갔다

만져도 아프지 않은
흔적이라며 마른 물감으로 그린
유화가 낡은 벽에 추억처럼 걸려 있었다

제3부

비트는 꽃이다

길손 대접

어머니는
길손 대접을 잘했었다
없이 살아도 길손에게
밥은 먹여 보냈다

그 덕분에 손님 대접하기를
힘쓰라는 가르침은
내게 주홍글씨처럼 새겨져 있었고
그게 그저 도리인 줄 알고 살아왔다

어머니가 그렇게 하신 뜻
내가 어머니 나이를 먹고 나서야 깨달았다
모두 자식 잘되라는 숨겨진 보화가
담겨 있었다는 사실을
글 선생님께 들었다

자식 잘되는 것을
유일한 낙으로 알고 살아오신 우리 어머니 생각에
낮은 가락으로
그리움의 노래를 흥얼거린다

하모니카는 쉬지 않고 불어야 해

강원도의 여름은
찰옥수수가 있어 행복하다
밭에서 따자마자 곧바로
삶으면 최고의 별미가 탄생한다
하루 이틀 사흘이 지나고
한 달 내내 먹어도 질리지 않는다

해마다 칠월이 오기를
손꼽아 기다리고 기다려서 먹는
찰옥수수는
숨 막히는 절정이다

윤기 나는 알갱이들이 촘촘하게
쫀득한 소리를 숨겨놓고
줄지어 서 있는 모양은
어느 화가의 심장에 불을 지르고도 남을
겹겹의 비밀을 안고 있다

비트는 꽃이다

손톱 밑에 까만 물이 들었다

비트 손질을 하고 차로
덖어내느라 생긴 흔적이다
덖어낸 비트가 유리 다관에서
붉게 우러나면 물꽃 한 송이가 피어난다

기분이 가라앉은 날,
비트차 한 잔을 마시고 나면
저절로 어깻죽지에서 날개 하나가 솟아나
두둥실 날아오른다

비트를 씻고 자르고 덖고 말리느라
허리가 아프고 손톱에 물이 들어도
겨우내 유리 다관에서
피어나는 물꽃을 바라볼 때마다
가슴이 뜨거워진다

바리바리 싸들고 가서 나눠 준
사람들 가슴에도
올겨울에는 붉은 꽃이 피어날 것이다

꽃가라[*] 그녀

꽃은 다 통한다
그녀의 지론이다
꽃가라 패션은 그녀만의
색채로 우리들 뇌리에 박혔다
핸드백에 꽃가라
백 속에서 나오는 앙증맞은
파우치에 핀 꽃은 귀염을 떤다

꽃은 다 통한다
모두가 예쁘다
연습하지 않았는데 합창을 한다

꽃은 다 통한다
무슨 일인지 꽃가라 원피스를
한 벌 장만하였다
그녀에게 물이 들고 있었나
꽃물이 들어 예뻐지고 싶은 것일까
꽃으로 통하는 길에 들어섰다

---

* 작은 꽃무늬가 그려진 원피스

어떤 시작

한참을 지나왔다
익숙한 모습으로 길을 내며
당연한 듯 길을 간다
그리하여 나는 처음을 기억하지
않는지도 모르겠다

처음 마음을 잃지 말아야 한다
어느덧 처음 사랑하자고 다짐하던 순간을
잊어버리는 게 흔한 일상이 되어버렸다
그 순간의 순수했던 감정은
헌신짝이 되어버렸다

그럼에도 처음을 기억해내고
되돌아본다는 것은
커다란 수레바퀴 안쪽으로
마음이 끌려 들어가고 있다는 뜻이다

더 늦기 전에 다시 시작해야 한다

가을의 길목

아침이면 마당으로 이끌린다
오늘 더욱 뚜렷해진
가을이 다가왔다
오고 가는 세월의 길목엔
감성의자 하나 선물로 놓였다

숲에는 무슨 세력들이
거대하게 웅성거린다
계절이 가고 오는 큰 일이
깊은 물살 같다

잔디 마당에
고양이들 새털처럼
뛰놀고 있다

떠난 손님

손님이 떠나고
한갓진 마음을 얻었다
삼일간의 분주함을 보상받았다
그동안의 수고가 헛되지 않음을
알려주는 가르침 같다

손님이 와서 좋고
손님이 가서 좋다
손님 대접하기를 힘쓰라는
가르침, 다시 새겨보면서
부요함으로 뿌듯해진다

여름과 가을 사이

이웃집에서 옥수수
한 포대를 가져왔다
아침저녁 찬바람이 드나들어 찰진
가을 옥수수를 계절보다 먼저 선물받았다
껍질을 까지 말고 삶아야 맛있다고 했다

한여름이 물러서고
가을이 오고 있는데
여름도 아니고 가을도 아닌
계절의 길목에서 만난 찰진 옥수수를 먹는다

봄부터 흘린 농부의 땀방울이 알알이 박혀 있는
옥수수 알갱이가 입안에서
분수처럼 터졌다

백 일 동안의 노고로
누군가에게 기쁨을 선물할 수 있다면
내가 옥수수가 되어도 좋겠다고 생각했다

아침을 깨우는 한 마디

이른 아침에
단단하게 다가왔다
'행동은 삼가고 말은 적게'
이 한 마디가 너무 멋지고
품격 있는 교훈이 되어
나를 사로잡았다

궁시렁 안 돼
징징 안 돼
조용히 미소를 짓는다
새 힘을 낸다
말수가 적어진다

오늘도 모자

이유가 있다
곱슬머리의 삐에로이기 때문이다
습도가 높으면 관리가 안 된다
모자는 손쉬운 해결책이다

참새 방앗간이 된 모자 가게는
그냥 지나칠 수 없다
꼼꼼하게 살피고 또 살펴보지만
결국 빈손으로 돌아서기 일쑤다

옷장에 쌓여가는 모자들,
그러나 자주 쓰는 것은 서너 개뿐이다
해결책을 넉넉히 만들고 싶지만
곱슬머리가 해결되지 않는 한
끊임없이 반복되는 숙제가 될 것 같다

풀의 꽃

풀과 꽃이 같다고 했던가
잠깐이라고 하지만
그 영화가
예쁘게 피어 한들거린다

사람들이 전력을 다하여
쫓아가는 길에
풀꽃이 피어 무성하다

풀은 자라고
꽃은 떨어진다
소임을 다하고
도무지 미련이 없는
한철 영화로운 자취를 거둔다

수없는 길이 왔다가 가고
수없는 흔적이 무성하게 남았다
꽃은 떨어지고
풀은 또 자라날 것이다

감사가 실력이 된 사람들

감사가 실력이 된 사람들이
편안으로 가고 있다
각자 얼굴이 다르듯
그곳에 이르는 여정도 독특하다

공감지대에 서면 친근하게 만난다
어떻게 매사에 감사할 수 있을지
꼭짓점을 만나게 된다

감사를 찾아내고
감사로 재해석한다
감사함을 보여주었더니
반전의 스토리가 남는다

감사가 남으면
결국 삶도
실력자가 된다

밭이 자란다

가지런히 줄지어 심겼다
모진 생명줄 붙잡고
잘 자라 주었다
각기 다른 속도를 내고
덩치가 다른 저마다의 색채를 내고
비슷한 듯 다른 개성파들
심겹지 않게 재미난 세계를 만들었다
심심하다고 할 새도 없이
잎을 냈고 열매를 줄줄이 매달았다
푸르던 열매가 붉게 익어간다
어린 아기였는데 튼실하고 실한
열매가 되었다
서로의 눈빛이 맞닿아 느끼는
재미도 익어가는 것일까
싱싱하던 기억 하나가 익어가기 시작한다

기억의 모퉁이

어느 날의 기억 창고는
허술하게 바람을 맞고
숭숭 구멍이 뚫리고 있었다
기억의 창고도 수선이 가능할까
쇠락한 색을 다시 입히고 싶다

기억은 내 삶의 모퉁이에 버티고 서 있다
어느 순간 훅, 하고 나타나서
나를 놀래키기도 한다

잊고 살아서 더 좋았는데
모퉁이마다 불쑥 나타나는 건 뭔지,
산들바람이 부는 날을 기다려야겠다

내가 가는 길모퉁이마다
나를 따라 오는 아지랑이처럼
기억의 신기루를 만들어야겠다

안전거리

불과 1분 뒤에 벌어질 상황을 꿈에도 모른 채
로터리에서 신호 대기 중
동행한 그녀들과 웃고 떠들고 있었다
신호를 지나면
곧 터미널에 도착하여
그녀들은 서울로 일산으로 각자의
처소로 돌아가야 할 순간에
뒤차가 쾅하고 내 차를 받고
앞차 꽁무니까지 받았다
오래 타고 다니던 결국 경차는 공업사로 끌려가고
우리 일행은 병원으로 실려갔다
한 치 앞을 모르는 게 인생이라고 했던가

신호등은 만국 공통어이다
약속을 지키지 않으면 비싼 대가를 치르고
때로는 목숨을 잃을 수도 있다는 사실을
온몸으로 깨달았다

사람과 사람 사이에도 안전거리가 필요하다

별일, 달일

오랜 세월 그랬다
'아부지 별일 없어요?'
'별일은 새로 가네, 달일도 없다'
그러고는 하하하
어김없이 늘 그랬다
웃기는 말을 툭툭 잘 던지셨다

그리고 언제부터인가
'아부지 별일 없어요?' 전화를 하면
'무슨 별일이 있겠냐 잘 지낸다'
더 이상 유머를 쓰지 않는
아부지다

기억을 찾아 헤매는 일이 잦아지고
'고맙다'를 입에 달고 사신다
'고맙다'는 말 대신 예전처럼
'별일은 무슨 달일'도 없다고
농을 던지는 아버지가 보고 싶다

치명적인 부재

되돌아보면 그때
왜 그랬을까
도무지 이해할 수 없는
의문의 꼬리에 매달려 생각한다
알 수 없지만 알게 된다
다시 돌아간다면
결코 그러지 않을 일이다
걸려버리는 덫이
생의 어느 지점에 있구나
오만의 덫이라 할 수 있지만
좀 더 복잡하면서
깊은 교훈이 숨겨져 있었다

화려하였고 크게 날개를 펼쳤던
그는 더 큰 덫에 걸려 엎어졌다
작은 덫에 걸려 휘청였고
수없이 미끄러졌었다
어릴 적 치명적인 부재가
일생의 부재로 자리 잡는다면
큰일이 아니던가
그 손해는 오롯이 자신의 몫이란다
생각하는 인간이 되고

끝없는 사유를 할 수 있다면
지혜의 삼할 정도는 붙잡을 수 있지 않을까

욕심이었다고 느끼면 이미 늦다
어리석은 바보가 되는 길
고생길인 것을 뒤늦게라도
참회하며 쓰디쓴 교훈을 얻는다

느긋한 쌀빵

나는 원주에 사는데
느긋한 쌀빵 가게는 구례에 있다
그곳에 들려 쌀빵을 사고
느긋한 점빵 잡곡도 샀다

유기농 쌀빵을 들고
느긋해지는 골목 끝을
빠져나오는데 왜 그리 정다운지
발걸음이 저절로 느긋해졌다

오후의 뒷모습을 따라
돌아오는 길에
소나기가 쏟아졌다

벼가 익어가는
겨자색 들판으로 듬성듬성
피도 느긋하게 익어가고 있었다

잔디밭에 풀

며칠 마음먹고 풀을 뽑았다
부끄러움이 가신다
할 일을 안 했다고 누가 뭐라고
하지도 않는데 내내 혼나고 있었다
편치 않은 마음을 수습한 기분이다

가을이 오는 아침은
일하기 좋은 최고의 시절이다
잔디 사이에 박힌 풀을
나만 알고 나만 바둥거린다
샅샅이 뽑아내고 할 일을 해낸
뿌듯함으로 나 홀로 기쁘다

부끄러움 없는 삶
그것은 부지런히 할 일을 하는 것일까
아무도 알아주지 않는 일에
성실을 보태고
자기만족에 빠진다
잔디가 배시시 웃는다

제4부

때꾼한 나무

여기에 있어

가을이 오는 소리가 있다
여름 동안 무성하게 자란 풀숲에
수없이 많은 생명들이 살고 있었다
풀벌레의 노랫소리가
거대한 울림으로 일어섰다

눈에 보이지 않아 몰라봤다
나 여기 있다고 소리로 알려준다
가을 전령들이 이렇듯 풀숲에
군단을 이루어 합창 부대가 되었다

가을이 오는 아침
풀벌레들의 합창
귀를 열고 놓치지 않는다
거기도 있었구나
여기도 있었구나
풀숲에 숨어서 마지막 노래를 부르는
리틀 포레스트 합창단!

벼가 익어가는 들판

산마루에 걸린 해가
내가 오늘 걸어온 길을 지나가고 있다
한낮에 힘을 잔뜩 주고 있던 햇살이
들판에 황금빛으로 쏟아졌다

햇살은 분명 어제 그 햇살인데
들판에 쏟아지는 햇살은
어제보다 부드럽다

오늘이 가장 예쁘고 싱그럽다
금빛으로 가는 시간은
오늘 하루가 위대하다

벼가 익어가는 들판 위로
평생을 걸어온 내 발자국이 따라왔다

비가 그치고

작은 새들의 울음소리에 끌려
밖으로 나가보니 어느새 비는 그치고
풀잎들의 생동하는 물결이 출렁거렸다
참을 수 없는 열정이 솟아나
정원에 뛰어들었다

들꽃들을 매만지고
작은 나무를 매만지고
풀을 솎아냈더니
가지런한 정원이 되었다

내 모습을 내려다보던 새들도
바쁘게 오가며
춤추고 노래하는 소리가 들려왔다
내 마음도 덩달아 날아올랐다

몸을 감싸는 아침

따뜻해서 좋은 아침이다
가을 깊어지고 있어
두툼한 겉옷으로 몸을 감싸고
이른 아침과 마주하며 어깨를 편다

따끈한 물 한잔으로
마음 풀어
화친하는 아침이다

옷을 갈아입고
때를 맞추어
시린 바람에도 피는 꽃은
봄부터 가을까지 길게 기다렸다
밝고 짙은 오묘한 색채가 되었다
몸을 감싸는 아침에
서로가 맞닿아 닮는가 보다

선물

선물로 그 사람의 마음을
얻는다고 하더니
나는 오늘 함박웃음을 터뜨렸다
생일 축하로 좋아하는 것을 받았다
그가 더욱 귀하게 느껴져
잘하고 싶다는 마음을 새겼다

그를 위해
그를 생각하면서 마련하는
시간은 행복했었다
받는 기쁨과
주는 기쁨의 크기는
둥실둥실 떠도는 구름이다

순수한 마음을 언제나
변함없이 남겨 놓고 싶다

어찌하리

세월은 왜 그리 야속한지
몸만 늙어가는 중이다
가끔씩 만날 때마다 서로 놀라지만
속으로 삼키느라 티가 나지 않는다
낯선 우리는 익숙하게 거기에 있는데
익숙할 수 없는 저항에 부딪힌다

세월은 참 무심도 하다
까마득했던 그 길에
당도하고 보니
누가 내 등을 떠밀었을까
야속하기만 하다

장밋빛 그리움이 반짝여도
소용없는 일이지만
본질이 살아 있는 더 높은 삶으로 나가고 싶다

손뜨개 가방

손뜨개 가방은 귀티가 났다
솜씨의 능력 앞에
가벼운 말은 뒷걸음이 되었다

흘러서 떠내려갈 수 없는
마음은 허튼 생각을 붙잡았다
눈물이 핑 돌았다
가방에 깃든 체온이 아름다운 꽃을 피웠다

쉬운 일이란 없다
손뜨개의 수없는
다듬이가 모여 밀도를 채울 때
소중하게 건너온 사랑도 밀도를 더해간다

마음을 건너온 주파수로
눈시울이 붉어지는 동안
가방 가득 그리움이 채워졌다

무슨 까닭일까

기억의 버튼이
나도 모르게 눌러졌다
까마득히 잊고 있었던
순심이가 두둥실 떠올랐다
큰딸로 태어난 죄로
어린 동생들을 보살폈고
엄마 대신 집안일도 도맡았었다
아들이 없다고 기는 왜 죽었을까
마음 좋은 선심이 아부지는 왜 객사를 했을까
순심이는 서울 어느 집 식모로
갔다는 말만 들었고 그 집이 모두
사라지고 나서 다시는 볼 수 없었다
기억을 따라가 보면 늘 순한 눈빛으로
착하게 웃던 그 얼굴이 떠오른다
세상의 한 귀퉁이 어디서 살고 있는지
모르겠지만 행여 스쳐 지나갔더라도
못 알아봤겠지만
큰딸로 태어나 자기 꿈을 포기한 채 살아야 했던
그 눈빛과 착하게 웃던 그 모습
기억 속에 선명하다

장미의 꿈

오월이면 어김없이 장미의 길에
꿈을 심었다

장미의 길을 따라 지난날을 돌아보았다
가시에 긁힌 흔적은 아이의 미래를 향한
흔적이 되었다

축하의 꽃다발은 화려했다
울고 웃던 우리에게
성장하는 삶을 가르쳐 주었던
오월,

장미의 계절에
붉은 생채기는 아물어 가고
참회의 눈물은 새로운 감동으로 다가왔다
아이는 반듯하고 성실해졌다

오월!
장미의 길에
꿈을 심었던
형벌 같은 길을 지나왔다

장미는 더욱 만발하고
무성한 꽃밭 너머로
낮은 노랫가락이 흘러나왔다

우산, 꼭 챙겨야 해

어려운 시절이었다
아이들 어릴 때
엄마는 생업의 거친 벌판에서 억척이가 되어 갔다
누구보다 잘 키우고 싶다는 절박함은
겁 없이 용감했다
바쁜 삶은 정작 아이들을 잘
돌보지 못했다

비가 오는데
멀리서 한 아이가 비를 맞으며
터벅터벅 걸어온다
그리고 불쑥 한마디 던졌다
'어떤 게으른 엄마가 우산도 안 갖다 줬네'
가까이 와서 보니
사랑하는 아들이었다

시간 흐르고 흘러
세월도 두툼해져 살림살이도 폈는데
그때 챙겨주지 못한 우산
흐리기만 해도 아프고 미안해서
입에 붙어버린 말 '너 우산 챙겼니'
우산을 펼치면 눈물비가 내리지만

비에 적신 설움은
겸손의 자양분이 되었다

이별

마음이 아프고 죄송하다
요양원에서 힘겹게 붙잡았던
삶의 고단한 끈을 놓고
가볍게 날아올랐을 그 영혼은
얼마나 홀가분하셨을까

억지로 붙잡혀 있던 끈질긴 생의
끈을 먼저 끊어 냈다고 한다
남은 사람들은 각자의 시간과
방법으로 그 길고 단단한
육신의 정을 끊어내야 한다

언제일지 모를
이별을 준비하기란 쉽지 않다
순리를 따라
순응하기란 그리 쉬운 일이 아니다

때가 되면 떠나야 하는데
욕심을 부리지 말아야 하는데
누구나 처음 가보는 길이라
낯설기만 하다

때꾼한 나무

겨울 산 오솔길을 걸었다
폭포까지 가는 동안
낙엽 밟는 소리만 따라왔다
폭포는 아직 얼지 않았다

뒷산에 깃들어 있던 모든 것들이 고요하다
온전히 보이는
나뭇결을 쓰다듬으며
그 심장 소리를 듣는다

수십 년 전, 작은 거인을 만나던 날
가슴이 뜨거웠던 기억이 떠올랐다

군더더기가 사라지고 남은 자리,
고수의 숨결만 남아 있다

꽃그늘을 지나갔지

삼월의 산길은
모퉁이마다 눈이 녹는다
그늘을 달고 내려와
봄이 왔어도 겨울을 안고 간다

느리게 녹고
느리게 빛을 모으는 자리,
그 자리가 있어서 여름을 날 수 있다

그 길 위에 남은 그림자도
그늘이 된다
모퉁이를 지나갈 때마다
꽃등처럼 나를 밝혀준다

철 지난 바다

사방이 고요하다
철 지난 바다는 파도마저 잔잔하다
사람도 없는 해변엔 금모래만 반짝거렸다
깨끗한 바닷물에 발을 담그고
늦은 더위를 씻어냈다

계절의 꼬리에 걸린 풍경은
한가로운데
귀여운 아기 형제들의 물놀이
에메랄드빛 보석으로 수놓았다

코발트 쪽빛 아득한 바다에
오래도록 눈길이 머물렀다
생의 캔버스는 충만했다

여유로운 위로가
잔잔하게 밀려왔다 밀려가며
철 지난 꽁무니를 따라가는
계절은 더없이 아름다웠다

목수국이 피었다

목수국이 피었다
어린 가지 한 촉 자라서
수십 개의 가지를 뻗었다

가지마다 꽃다발을 들고 있었다
등불을 켜 놓은 듯 사방이 환하다

지난해 팔월 금빛 신부에게
수국 부케를 만들어 주었었다

신혼부부는 살면서
수국을 닮아가고
올해 다시 피는 수국을 보며
반짝이는 꽃다발에 싸여 혼자 미소 지었다

언제나 금빛이 되거라

진종일 비에 젖으면서도
한결같은 미소로 반겨주는 저 꽃처럼
평생을 살아가는 동안
행복한 향기만 풀어놓아라

우유소

흰 구름 뭉게뭉게
언덕 위 푸른 초원을 넘어가고
평화로운 소 떼가 풀을 뜯고 있었다

달리는 차창 너머로
꼬마 아이가 반갑게 외쳤다
엄마, 우유소, 우유소

한 번에 알아듣지 못한 채
아이의 시선을 따라가 보니
젖소들이 보였다

판에 박힌 통념을 한 방에 깨워준
티 없이 맑은 아이의 한 마디가
머리를 울리고 갔다

그림책에서는 젖소라고 배웠을 텐데
우유소라고 외치는 꼬마야
우리는 모두 천재가 아닐까 생각했었다
뒤늦게나마 미안하다
그동안 우리가 너무 뻔한 틀에다 가두어 놓았구나

미숙한 엄마의 한계였구나

그녀의 바람

한때 그녀는 쌩쌩 부는 찬바람이었다
한여름에도 얼음장 같은 바람을 일으키더니
어느 날 개과천선하여 훈풍으로 바뀌었다
쓴 뿌리를 타고 사람들을 아프게 했던
미안함을 감추지 않고
이젠 제법 토닥토닥 달래고 있다

콧노래가 저절로 나오고
솔바람 소리가 난다

산골 이야기

겨울나무에 자주 눈길이 머문다
텅 빈 가지에 눈을 맞추면
한없이 편안해진다
누구의 솜씨인지
저마다 다른 공간을 향해 뻗어 있다

깊은 산골에 사는 사람들을 만났다
주인 없는 산밤나무 덕분에
밤으로 김치를 담는다고 했다
놀라웠다
생전 처음 맛보는 밤 김치라니,

산골의 밤은 깊어가는데
산골에 사는 사람들의 이야기는
점점 숲을 닮아가고 있다

해설

슬픔을 비틀면 희망이 된다.

- 김남권(시인) -

슬픔을 비틀면 희망이 된다,
'별일, 달일'도 꽃그늘이 되듯이

–박여롬 시집 「비트는 꽃이다」를 읽고

김남권(시인, 계간 시와징후 발행인)

자연은 인간을 정화시키는 능력을 가지고 있다. 역설적으로 말하자면 자연 속에서 순수해지지 않는 인간은 이미 세파에 찌들어 잘 웃지도 않고 잘 울지도 않으며, 사람들과의 관계조차도 계산기를 두들겨 가며 수지타산을 따진다. 즉, 모든 일에 있어서 자기 위주로 생각하고 판단하는 인간성을 가지고 있다는 말이 된다. 자연 속에서 자연의 일부로 녹아들 수 있는 사람만이 가장 인간적인 면모를 간직하고 있는 사람이라는 뜻이다. 문학을 하고 시를 쓰는 일은 그리하여 자연의 이치를 배반하지 않고 가장 인간적인 모습을 나타내는 숭고한 아름다움을 드러내는 일이다. 박여롬의 시편들에서는 그런 인간적인 면모가 풀과 나무와 달과 별의 이름을 빌려 오롯하게 날개를 펴고 있다. 산자락에 기대어 살고 있는 그녀의 몸에서도 풀꽃 냄새가 나는 것처럼, 시의 행간 곳곳에서도 나무와 풀과 바람과 물 냄새가 진하게 배여 있다. 한 마디로 박여롬의 시에서는 "진솔한 삶의 흔적들이 우리를 향해 끊임없이 자연과 더불어 사는 것이 어떠한가?"라는 질문을 던지고 있다. 그리고 그런 자연 속에서 인간을 향한 아가페의 삶은 무엇을 깨닫고 실천해야 하는지, 비우고 채우는 일은 또 무엇으로부터 오는지 근본적인 물음을 던지고 있다.

기다림에 지친 아이가 있다
막차가 떠나고 나면
더는 기다릴 희망을 놓아야 했다
엄마 없이 또 하루가 지나갔다
막차는 떠난 지 오래되었고 저녁은
캄캄한 슬픔을 몰고 왔다

혼자 우는 울음소리는
끝내 누구에게도 들키지 않았다
아물었던 슬픔이라고 생각했는데
어스름이 시작되면 불안이 몰려왔다

묵은 슬픔은 다시
기다림에 지친 아이를 데려왔다
연분홍 물결이 흘러갔다

만저도 아프지 않은
흔적이라며 마른 물감으로 그린
유화가 낡은 벽에 추억처럼 걸려 있었다

-「슬픔이 시작되는 시간」 [전문]

　박여롬 시인의 시 「슬픔이 시작되는 시간」 외 4편은 가을의 들판에서 막 익어가기 시작하는 알곡들이다. 조금은 덜 숙성되고 조금은 깊은 맛이 덜하지만 추석 무렵 햅쌀을 빻아 처음으로 지은 밥을 상에 올리고, 온 가족이 둘러앉아 갓 지은 밥을 나누어 먹을 때처럼 순수한 풋내가 난다. 모름지기 추석 무렵, 밥상에 올라오는 것들은 모두 풋과일이다. 일 년을 기다려서 맛보는 토종 곡식과 과일을 온 가족이 모여 앉아 먹는 것은 한 해의 첫 번째 결실을 하나님의 은혜를 생각하며 감사하는 추수감사절의 의미를 지니고 있다. 추석이 지나고 나면 들판의 곡식들도 비로소 알이 실하게 차오르고, 과일들은 빛깔이 짙어지고 맛이 깊어진다. 박여롬 시인의 시편들은 그런 풋과일을

닮아 있다. '묵은 슬픔은 다시/기다림에 지친 아이를 데려왔
다/연분홍 물결이 흘러갔다//만져도 아프지 않은/흔적이라며
마른 물감으로 그린/유화가 낡은 벽에 추억처럼 걸려 있었다 -
「슬픔이 시작되는 시간」은 화자의 눈빛을 따라가다 보면, 스
스로 슬픔을 치유하는 힘은 낡은 벽에 그려진 유화를 어루만
지며 내면의 슬픔을 위로한다.

　　엄마가 없는 친정집은
　　숭덩숭덩 적막하다
　　사진 속 엄마는 웃고 있는데
　　텅 빈 껍질 바스러지듯 마음이 부서진다
　　장독대만 그 자리를 지키고 있다

　　돌아와서 생각하니 미안하다
　　엄마 생각하면서 반질반질
　　장독대를 닦아 놓고 올걸

　　친정집은 이제
　　아버지의 집이 되었다
　　바리바리 싸들고 가서
　　텅 빈 손으로 돌아온다

엄마가 바리바리 싸 주시던 꾸러미들 없이

허허로운

그리움만 바리바리 싸들고 돌아온다

-바리바리 [전문]

'친정집은 이제/아버지의 집이 되었다/바리바리 싸들고 가서/텅 빈 손으로 돌아온다 - 「바리바리」는 어머니가 안 계신 집의 심리적 공허를 통해 역설적으로 어머니가 생전에 살아 계실 때 빈손으로 갔다가 바리바리 싸들고 왔던 심리적 연대를 보여주고 있다. 친정엄마가 안 계신 집은 텅 빈 공허가 밀려올 것이다. 그 빈자리를 혼자 지키고 있는 친정아버지에 대한 연민은 엄마로부터 딸로 이어지는 지상 최고의 성벽이라는 연대가 무너진 공허일 것이다. 엄마가 바리바리 싸 주시던 보따리를 이제는 친정아버지를 위해 바리바리 싸들고 가서 내려놓고 오지만 돌아올 때 텅 빈 보따리보다 더 큰 공허가 쓰나미처럼 밀려올 것이기 때문이다. 살아생전 어머니가 싸 주시던 꾸러미는 고추장 된장 참기름 햇곡식들이 아니라 유전자보다 더 끈끈한 삶의 정서와 연대가 아니었을까?

한여름에 마시는

아이스아메리카노는 힘이 세다
젊은 사람들은
'얼죽아'를 마신다고 한다

한여름, 시원한 맛에 저절로 눈길이 먼저 가지만
몸에는 못 할 짓인데
알고 보면 나도 젊은 시절엔
어른들의 말은 귀에 들어오지 않았었다

한여름에도 자랑처럼 마시는
뜨거운 아메리카노 맛을 아는가
유럽 사람들은 커피 구정물이라고 부르는
뜨거워 죽어도 포기할 수 없는
'뜨죽아'를!

-'얼죽아'와 '뜨죽아' [전문]

'한여름, 시원한 맛에 저절로 눈길이 먼저 가지만/몸에는 못
할 짓인데/알고 보면 나도 젊은 시절엔/어른들의 말은 귀에 들
어오지 않았었다 – 「얼죽아와 뜨죽아」'는 커피에 대한 신조어를
통해 자신이 한창 젊었을 때를 생각하면 요즘 젊은 사람들의
취향은 별로 새로울 것도 이상할 것도 없다는 사실을 반증하고

있다. 어쩌면 더 확고해진 자기 취향을 시적 화자를 통해 드러내고 있다. 시대는 정체된 적이 없다. 지속적으로 변화하고 진화한다. 기성세대도 불과 얼마 전 신세대였던 것이다. 그러므로 신세대가 마음에 안 들더라도 탓할 필요가 없다. 신세대도 기성세대를 꼰대라고만 치부하면 안 된다. 자신들도 곧 나이가 들 것이기 때문이다. 모든 시간은 지나간다. 조금씩 이해하고 한 걸음만 뒤에서 생각하면 첨예한 사회적 갈등도 해소될 것이다. 신세대의 전유물이 신조어를 남발하고 새로운 세태를 따라가는 것처럼 보일지라도 그가 기성세대가 되면 곧 구세대의 유물로 전락할 것이기 때문이다. 서로 존중하면서 포용하는 문화는 불가능한 것일까? 이 시는 그런 현실에 대한 공감을 주고 있다.

오랜 기억의 끈은
명주실 가닥처럼 가늘지만
단단하기도 하지

딸아이가 초등학교 1학년 무렵
옆집 아이가 춘천으로 이사를 갔고
갑자기 준비도 없이 따라가서는
일주일을 신나게 지내다 왔다
매일 써야 하는 일기를 어쩌나 하고

걱정을 했더니
아이는 제목, '그동안'
그렇게 한 페이지로 일주일 치를
명쾌하게 끝냈던 일이 있었다

한 줄의 이야기 속으로
흘러 들어가다 보면
새 열매, 묵은 열매가 공존하는
조화로움이 기쁘다
'그동안'은 씨줄 날줄로 잘 짜여진
짙은 삶의 원단을 펼쳐 놓은
신의 한 수였다

-「그동안」 [전문]

'딸아이가 초등학교 1학년 무렵/옆집 아이가 춘천으로 이사를 갔고/갑자기 준비도 없이 따라가서는/일주일을 신나게 지내다 왔다/매일 써야 하는 일기를 어쩌나 하고/걱정을 했더니/아이는 제목, '그동안/그렇게 한 페이지로 일주일 치를/명쾌하게 끝냈던 일이 있었다 –「그동안」은 우리가 시를 쓰고 아이들에게 어떤 삶을 보여줘야 하는지에 대한 명쾌한 해답을 주고 있다. 어른들이 쓸데없는 것들로 고민하고 있을 때 아이들은 정공법으로 간단하게 결론을 낸다. 시의 함축미도 그런 것이다.

나는 원주에 사는데

느긋한 쌀빵 가게는 구례에 있다

그곳에 들려 쌀빵을 사고

느긋한 점빵 잡곡도 샀다

유기농 쌀빵을 들고

느긋해지는 골목 끝을

빠져나오는데 왜 그리 정다운지

발걸음이 저절로 느긋해졌다

오후의 뒷모습을 따라

돌아오는 길에

소나기가 쏟아졌다

벼가 익어가는

겨자색 들판으로 듬성듬성

피도 느긋하게 익어가고 있었다

-「느긋한 쌀빵」[전문]

'벼가 익어가는/겨자색 들판으로 듬성듬성/피도 느긋하게 익어가고 있었다 – 「느긋한 쌀빵」에는 강원도 원주와 전라남도 구례라는 물리적 거리가 있지만 빵 하나로 심리적 거리를 마치 이웃 마을처럼 소환하고 있다. 더구나 벼만 익어가는 것이 아니고 피도 익어간다. 살아 있는 모든 것이 익어가는 시간이기 때문이다. 박여롬 시인의 시도 '그동안'을 견디고 '슬픔의 시간'을 지나고 나면 숙성될 것이라는 기대를 안고 있는 이유다.

며칠 마음먹고 풀을 뽑았다
부끄러움이 가신다
할 일을 안 했다고 누가 뭐라고
하지도 않는데 내내 혼나고 있었다
편치 않은 마음을 수습한 기분이다

가을이 오는 아침은
일하기 좋은 최고의 시절이다
잔디 사이에 박힌 풀을
나만 알고 나만 바둥거린다
샅샅이 뽑아내고 할 일을 해낸
뿌듯함으로 나 홀로 기쁘다

부끄러움 없는 삶

그것은 부지런히 할 일을 하는 것일까

아무도 알아주지 않는 일에

성실을 보태고

자기만족에 빠진다

잔디가 배시시 웃는다

-「잔디밭에 풀」[전문]

풀은 제거해야 할 대상이 아니라 공존의 산물이다. 봄부터 가을까지 들판에서 풀과 전쟁을 치러야 하는 농부들에게는 풀이 원수 같을 것이다. 그러나 그 풀이 있기에 작물이 튼튼하게 경쟁하며 튼실해진다는 사실은 잊지 말아야 한다. 인간들도 풀처럼 세상에 내던져진 사람들이 강인한 생명력으로 자생에 성공한다. 풀의 입장에서 보면 무엇이 제거 대상이고 무엇이 보호 대상인지 억울할 만도 할 것이다. 잔디밭의 풀도 잔디를 단단하게 하는 최고의 역할을 하고 장렬하게 뽑혀 나가는 것이다. 김수영의 「풀」도 그런 것이다.

삼월의 산길은

모퉁이마다 눈이 녹는다

그늘을 달고 내려와

봄이 왔어도 겨울을 안고 간다

느리게 녹고
느리게 빛을 모으는 자리,
그 자리가 있어서 여름을 날 수 있다

그 길 위에 남은 그림자도
그늘이 된다
모퉁이를 지나갈 때마다
꽃등처럼 나를 밝혀준다

-「꽃그늘을 지나갔지」[전문]

빛을 모으는 자리에서 꽃은 피어난다. 한겨울을 지나온 꽃나무는 빛을 모으는 시간을 오래 기다려 왔을 것이다. 꽃차례라고 했던가. 가장 높은 가지로부터 빛을 모은 순서대로 꽃은 피어나고 꽃 핀 자리 아래로 그림자가 생긴다. 길모퉁이에 피어난 꽃나무는 밤길을 걸어가는 동안 화사한 꽃등이 되어 골목을 환하게 밝힐 것이다. 마치 어머니가 자식이 걸어가는 어두운 길목에 등불을 밝히고 서서 자식이 돌아오기를 밤새도록 기다렸던 것처럼.

산골에 가을이 오는데

아침부터 빗소리만 가득하다

작은 풀벌레의 노래는

온데간데없이 나만 모른다

가을 속 여름을 원망하며

무더웠던 어제도 온데간데없다

빗소리만 가득한 날에

찾는 이 없이 적막한데

비에 젖은 풀잎의 무게 조용하다

자연은 말없이 늘 견디는데

사람은 사람이라 말이 많다

빗소리만 가득한 날에

나는 한가하게 졸고 있다

빗소리는 졸음의 주파수를 닮아 있을까

벼가 익어간다

밤도 익어간다

나만 익으면 되겠구나

-「비도 익어간다」 [전문]

계절이 익으면 바람부터 달라진다. 계절이 바뀔 때가 되면 비가 몇 차례 지나간다. 겨울비가 몇 차례 오고 가고 나면 봄 나무 가지마다 꽃망울이 올라오고, 봄꽃이 질 무렵 몇 차례 비가 내리고 나면 우수수 꽃잎에 떨어진 자리에 연둣빛 이파리가 돋아난다. 그리고 여름이 깊어져서 입추가 지나고 또 몇 차례 비가 오고 나면 사방에 나무들은 단풍으로 물들기 시작한다. 계절은 누가 시키지 않아도 스스로 변화해야 할 때를 알고 있다. 그런 유전자를 가진 비가 사람도 익게 할 수는 없을까? 이형기는 「낙화」에서 "가야 할 때가 언제인지를 알고 있는 이의 뒷모습은 얼마나 아름다운가"라고 노래하고 있다. 인간이 가장 아름다운 때는 바로 자신이 익어가고 있다고 느낄 때라고 생각한다.

손톱 밑에 까만 물이 들었다

비트 손질을 하고 차로
덖어내느라 생긴 흔적이다
덖어낸 비트가 유리 다관에서
붉게 우러나면 물꽃 한 송이가 피어난다

기분이 가라앉은 날,
비트차 한 잔을 마시고 나면
저절로 어깻죽지에서 날개 하나가 솟아나

두둥실 날아오른다

비트를 씻고 자르고 덖고 말리느라
허리가 아프고 손톱에 물이 들어도
겨우내 유리 다관에서
피어나는 물꽃을 바라볼 때마다
가슴이 뜨거워진다

바리바리 싸들고 가서 나눠 준
사람들 가슴에도
올겨울에는 붉은 꽃이 피어날 것이다

-「비트는 꽃이다」[전문]

인간의 삶을 비틀면 꽃이 된다. 아니 자신의 삶을 한 번 비틀어 볼 때 꽃인 적 있었던가, 돌이켜 생각해보면 내가 어떻게 살아왔고 어떻게 살아가야 하는지 깨닫게 된다. 누군가 바리바리 싸들고 와서 마음을 주고 음식을 주고 꽃을 주었던 적이 있었다면 그는 꽃이 되었을 것이다. 나는 누구에게 바리바리 싸들고 가서 무엇을 나누어 준 적 있었던가? 만약 그런 일이 있었다면 그때 그것들을 주고 내가 텅 빈 것이 아니라 그것보다 큰 꽃송이가 가슴에 피어났을 것이다. 비트를 씻고 자르고 덖고 말려서 차로 선물해 준 가슴에도 장미꽃이 붉게 피어났을 것

이다. 그 선물을 받은 사람 가슴에도 붉은 꽃밭이 생겨났을 것
이다. 우리의 삶을 비틀면 누구나 꽃이 될 수 있다.

오랜 세월 그랬다
'아부지 별일 없어요?'
'별일은 새로 가네, 달일도 없다'
그러고는 하하하
어김없이 늘 그랬다
웃기는 말을 툭툭 잘 던지셨다

그리고 언제부터인가
'아부지 별일 없어요?' 전화를 하면
'무슨 별일이 있겠냐 잘 지낸다'
더 이상 유머를 쓰지 않는
아부지다

기억을 찾아 헤매는 일이 잦아지고
'고맙다'를 입에 달고 사신다
'고맙다'는 말 대신 예전처럼
'별일은 무슨 달일'도 없다고
농을 던지는 아버지가 보고 싶다

-「별일, 달일」[전문]

농담은 농담濃淡이다. 특히 나이가 들어서 농담을 던질 줄 아는 남자는 가장 매력적이고 삶의 여유를 즐길 줄 아는 사람이다. 그것은 수묵화를 그리는 화가가 화선지 위에 붓으로 글과 그림의 채도를 옅게 하고 짙게 하는 농담과 닮아 있고, 가야금이나 거문고를 연주하는 연주자가 현을 희롱하듯 가지고 노는 농현弄絃과도 같은 것이라 할 수 있다. 점점 나이가 들어가는 아버지의 모습에서 더욱 슬픈 것은 농담을 잃어가고 있다는 사실이다. 그분은 과거에 별과 달을 가장 사랑했던 분이기 때문에 더욱 쓸쓸한 슬픔으로 다가오고 있다. 이 시는 결국 우리가 어떻게 늙어가야 하는지에 대한 교훈을 던져 주고 있다.

살아가는 일이 별일도 아니고 달일도 아니지만, 우리는 살아 있는 동안 계속해서 별일이 있어야 하고 달일도 있어야 한다.

그것이 사는 맛이다. 아무리 살아가는 일이 힘들고 고단해도 퇴근해서 집으로 돌아가는 길에 별이 반짝이고 달이 환하게 빛나고 있다면 다시 살아갈 희망이 생기지 않던가. 박여롬의 시는 「슬픔이 시작되는 시간」에서 출발해 「별일, 달일」로 이어지고 있다. 그가 자연의 일부로 살아가며 시인이 되고, 또한 시인으로 살아가야 할 남은 시간을 어떻게 여적을 만들며 지나가야 하는지에 대한 이정표가 바로 여기에 있다.